KB122232

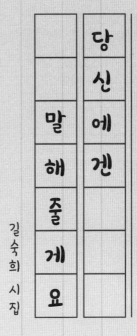

당신에겐 말해줄게요

길숙희 시집

서시序詩

그대 걷는 길
흙먼지 날리는 발끝에서
아련한 눈빛 보내노니

발그레한 두 볼
수줍게 고개 들고
나 좀 보아 달라고

그대 옷자락이 흔들리며 부는 바람에
이때라 연한 향기 풍기며
나 여기 있노라고

수줍은 몸짓으로
한껏 뽐내는 꽃이요
그대의 여인이어라

간절히 손짓하는
사막 한복판 흙먼지 쓴 들꽃을
눈여겨 보아주신
그대를 사랑하기에

|목 차|

"예수께서 이르시되 네 마음을 다하고 목숨을 다하고 뜻을 다하여 주 너의 하나님을 사랑하라 하셨으니 이것이 크고 첫째 되는 계명이요 둘째도 그와 같으니 네 이웃을 네 자신 같이 사랑하라 하셨으니 이 두 계명이 온 율법과 선지자의 강령이니라"

(마태복음 22:37-40)

나의 사랑이신 주님

언제
어디서든
기다리고 있었다며 반겨 주시는 분
온전히 마음을 쏟아 부을 수 있는
나를 사랑하시는 주님과의 이야기

하늘 사랑

가녀린 몸 흔들며
서 있는 들꽃을 보소서

산 속 깊은 곳
어여삐 피어오른 야생화를 보소서

바람에 흔들리며 영접하는 몸짓
부끄러워 조용히 기다리는 자태

님께서 보시게 되거든
님 그리워하는 나인가 하소서

하늘을 사모하여 뿌리내린 곳
가장 낮은 자리에서

비록 손닿지 않는 곳이나
구름 타고 오실 님 늘 바라봄이니

아름다운 빛깔로 활짝 피어
나의 님 가슴에 안고

닳지도 않는 그리움
나의 님 가슴에 품고

부르실 그 날까지
하늘만 바라리니

피할 곳

어릴 적 엄마의 긴 치맛자락은
약이 잔뜩 올라 뒤쫓아오는 오빠로부터
가장 안전한 피할 곳이었다

지금 주의 넓은 어깨와 가슴은
세상 너울에 멀미를 느끼는 어지러움으로부터
편안히 쉴 만한 피할 곳이다

기억하렴

널 위해서라면
무엇 하나 아까울 것이 없다

널 위해서라면
어떤 대가도 치룰 것이다

내 아들 독자 예수를 십자가에 내어줄 만큼
넌 나의 전부다

잊지마
모든 일이 잘되고 행복한 하루하루를 살 때
나 여호와가 너를 사랑하는 아버지라는 사실을

잊지마
네가 완전히 실패하고 버림받은바 되어
죽음 그 최악의 절망에 빠져 있을 때에도
나 여호와가 여전히 함께하며
그 어느 때보다도 너를 더욱 사랑하는 아버지라는 사실을

당신에겐 말해 줄게요

아이들이 학교로 가는 아침이면
시골길도 한바탕 시끌벅적 요란스럽습니다

썰물처럼 모두가 빠져나가고 나면
하루도 빠짐없이 예배당으로 들어가는
열두 살 소녀가 있습니다

새들이 지저귀는 한가로움이 시작되는 마을에
소란스런 발소리와 함께 울부짖음과 괴성은
소녀의 기도입니다

고개를 푹 숙인 채 한참을 있다
십자가를 바라보는 소녀의 눈빛은
햇살을 닮았습니다

전능하신 주 앞에 독대하고 앉아
알 수 없는 알아들을 수도 없는 언어를 토해내는
아름답다 못해 눈이 부신 소녀

세상은 아무도 소녀에게 관심이 없습니다
무엇을 말하고 있는지
무엇을 말하고 싶어 하는지

한나도 소녀도 나도
지금도 누군가는
귀 기울여 들어주시는 당신께 말합니다

'당신에겐 말해 줄게요'라며

놀라운 주의 사랑

아버님
너비와 길이와 높이와 깊이를 감히 측량할 수 없는
아버님의 사랑과 보살핌을
제 작은 가슴에 안겨주심은 어찌하라 하심입니까

아버님
드릴 것이 볼품없는 저 하나뿐이라는데
이 마음만으로 충분하다 하심은
또 웬 말씀이십니까

지금껏 참고 삼켜온 눈물을
하염없이 흐르게 하심은
무슨 연유입니까

진정
볼품없는 저를
이렇게나 사랑하신단 말씀입니까

초라하기 짝이 없고
염치없어 목이 메나
서슴지 않고 고백합니다

아버님
사랑합니다
나의 주 아버지 하나님

지금은

모든 순간에
모든 시간에
모든 상황에
간구하는 바람이 있어 눈물 훔쳐요

아직 가고 있는 중이라서
여전히 배우는 중이라서
이 길이 처음이라서
부족해 실수하고 흔들리다 넘어져요
머잖아 이루어질 것을 갈망하는
나의 지금은 이래요

나의 이야기가
수 천 수 만 개의 퍼즐 조각일지라도
절대 초조해하지 않으세요
조금도 서두르는 법이 없으세요
어떤 그림으로 완성될지 다 아시기에
내 주의 지금은 이래요

산이 웁니다

처음 사랑을 시작할 때엔
많은 이유가 있었어요

마주 보고 앉은 침묵 속에서도
싫증나지 않았던 건
곪아 터진 거절의 아픔을
아랑곳 않고 안아주는 포근함을 느껴서였죠

자격 없음에도 불구하고 받는 사랑
이보다 더 큰 사랑이 있을까요
그대의 모든 것을 사랑함에
이제 이유는 사라지고 없습니다

갈보리 그 언덕 사랑의 속삭임이
산을 품고 메아리로 가슴을 칩니다

그대를 품은
산이 웁니다

임재

새벽 공기가 찬바람 잔뜩 머금었을 때
창문을 여는 일상은
비단 아이들의 잠을 깨우기 위함만은 아닙니다

밤이 새도록 싱그러운 새벽바람을 기다렸던 까닭은
이 바람이 그댈 생각나게 하기 때문입니다

고동치는 심장 소리가 귓전까지 들려옵니다
그저 가만히 서서 살포시 눈을 감아봅니다

은빛가루 쏟아지는 초록 잎들 사이사이 가득한 향기가
나로 그댈 기억하게 합니다

바람으로 햇살로 그대를 느끼며
부드럽게 찾아오시니 기꺼이 이 마음 드립니다

매순간 평안한 당신의 임재를
사랑스런 아이들도 언젠가 알게 되겠지요

이 바람과 햇살 가운데
기쁨을 이기지 못하여 춤추는 당신을

당신의 시선 내게 머물러주오

한 번쯤은
온전히 내게 당신의 시선이 머물기를 바랐습니다
단 한 번만이라도
당신의 가는 걸음을 멈추게 하고 싶었습니다

열두 해 혈루증을 앓던 여인이
당신의 옷자락을 만져
걸음을 멈추게 했던 것처럼
당신이 돌이켜 여인을 찾았던 것처럼
손을 뻗어 당신을 잡고 싶었습니다

언제까지
그렇게 가시렵니까
어느 때가 되어야
가시는 걸음을 멈추고 봐 주시렵니까

베데스다 연못에서
용신할 수조차 없는 몸으로
물이 동할 때를 삼십팔 년 기다리던 병자에게
당신이 찾아오셔서 깨끗케 하셨던 것처럼
그 은총을 바라며 여전히 기다립니다

사랑하기에

그대 걷는 길
흙먼지 날리는 발끝에서
아련한 눈빛 보내노니

발그레한 두 볼
수줍게 고개 들고
나 좀 보아 달라고

그대 옷자락이 흔들리며 부는 바람에
이때라 연한 향기 풍기며
나 여기 있노라고

수줍은 몸짓으로
한껏 뽐내는 꽃이요
그대의 여인이어라

간절히 손짓하는
사막 한복판 흙먼지 쓴 들꽃을
눈여겨 보아주신
그대를 사랑하기에

나 오라 하시네

두 손 높이 들어
주님 이곳에 오소서
간절히 기도하나

온몸에
스며드는 말씀은
예수 십자가 앞으로 나오라 하시네

좀 더
가까이
나 오라 하시네

내가 여기 있잖니

분홍 원피스에
하얀 구두를 신고
달콤한 솜사탕과
노란 풍선을 들고
아이는 신나서 온종일 함박웃음이다

후두두둑
갑작스런 소나기에
흠뻑 젖은 아이를 안고
피할 곳을 찾아
이리저리 뛰어 다닌다

다 젖어 버린 옷
다 녹아 버린 솜사탕
어딘가에서 놓쳐 버린 노란 풍선
터져 버린 눈물샘
비도 울음도 그칠 줄을 모른다

따뜻한 품에 안겨 있다
귓가에 들려오는 음성이 있다
울지 마라 내 딸아
이 모든 것 네게 줄 수 있는
내가 여기 있잖니

당신이 좋아요

주 앞에 어린아이처럼
기뻐 뛰며 춤추겠어요
가을날 마른 잎사귀 같을지라도
주 앞에선 물댄 동산이고 싶거든요

살랑 바람의 스침에도
아픈 가슴이지마는
바람처럼 그렇게
그렇게 찾아드시는 당신을 안고 싶은 가슴이에요

당신과 상관없는 삶을 살 수 없어
세상에서 바보로 살아가고
반가이 손짓하는 삶과 짝할 수 없어
골고다 언덕길로 발길을 옮겨요

가까이 다가갈 때면
고이는 평안한 안식에
입술의 모든 언어가 군무를 추고
내 영혼은 당신의 것이 됩니다

속삭임

내 집에 머물라 하였거늘
너 어디 있느냐

내게 꼭 붙어 있으라 하였거늘
너 어디 있느냐

나를 따르라 하였거늘
너 어디 있느냐

내 품 안에 거하라 하였거늘
너 어디 있느냐

너도 나 없이 살 수 없듯
나도 너 없이 살 수 없단다

어서 돌아오렴

사모가 사모에게

성직자의 아내가 된 날
어찌할 바를 몰라 올린 기도
편안히 대화할 수 있는 언니 같은
위로와 안식이 될 만큼 포근한 엄마 같은
교훈과 책망으로 바로잡아 줄 스승 같은
사모님 만나게 해 주세요

예루살렘에 시므온이라 하는 자는
그리스도를 보기 전엔 죽지 않으리란 계시대로
훗날 성전에서 아기 예수를 품에 안고
하나님을 찬송하며 주의 구원을 보았다함 같이
말하지 않아도 이 맘 다 위로하는 시인 사모님을
나 죽기 전에 보게 하심 감사해서
할렐루야!

아셀 지파 바누엘의 딸 안나는
팔십사 세가 되도록 성전을 떠나지 않고
주야로 금식하며 기도함으로 주를 섬길 때에
메시야이신 아기예수를 보았더니
나 오래 기다리지 않게 하심 감사해서
할렐루야!

사모로 이십오 년 세월을 살아낸 오늘
편안히 삶을 이야기하는 언니 같은
감히 흉내 낼 수 없는 따스한 품을 가진 엄마 같은
거짓도 꾸밈도 없는 올곧은 스승 같은
육십여 년 사모로 살아온 분을 만났습니다
어린 사모가 머리를 조아려 구했던 기도를
주께서 들으셨고 이루셨으니
할렐루야!

저도
이런 사모 되게 해 주세요

기도

차가운 땅 속에서
칠여 년 애벌레로 살다
천적을 피해 아득한 어둠을 뚫고
나무줄기에 매달려 허물을 벗고
고작 한 철
보름 살다 가는 매미는
신부를 찾기 위해
목청껏 울어 댑니다

고독 속에서
여전히 죄인 중의 괴수로 살다
어둠의 유혹을 뚫고
폭풍우 치는 가슴을 부여잡고
영원이라는 시간 앞에
하나의 점만도 못한 인생을 살며
그리스도의 장성한 분량에 이를 때까지
목청껏 울어 댑니다

너는 나를 누구라 하느냐

목수의 아들 예슈아
랍비
선지자 중 하나
십자가에서 죽어 마땅한 죄수
자칭 메시야
미친 종교 지도자
백성을 선동하는 자

수천 년 동안
그의 백성들은
제 맘대로 불렀다

우리가 그토록 기다리던
세상을 구원할 구원자
살아계신 하나님의 아들
다시 오실 만왕의 왕
세상 끝 날
내가 맞이할 신랑
예슈아

너는 나를 누구라 하느냐?

나를 기억하소서

TV에서
자식들은 보험금 때문에 싸우느라
아버지의 시신이 운구차에 실려 가는 마지막 길도
보지 못하고 있었다
상조회 직원들만이 퍼붓는 비를 맞으며
공손히 인사를 했다
그 모습을 지켜보시던 어머니는
비가 참 슬프게 내리는구나
말씀하셨다

성경에서
무리들은 예수님의 옷을 나누느라
세상의 구세주로 오신 예수의 마지막 사명을
보지 못하고 있었다
오직 하나님만이 독자 예수와 눈 맞추며
그 참혹함을 끌어안으셨다
이때에 한 편 강도가
주님의 나라에 임하실 때 내 영혼을 기억하소서
고백했다

다시 안 올 순간을 귀히 보낸 사람
소중함을 단번에 알아채는 사람
가야할 곳에 자리를 준비한 사람
한 순간 영원한 생명을 얻은 사람
나를 기억하소서

즐거이 가겠습니다

나의 사랑 나의 주여
함께 거닐고
함께 먹고
함께 누웠던 3년을 추억합니다

나의 사랑 나의 주여
당신의 뒤를 쫓아 옷자락이라도 잡을 수 있었던 순간과
당신의 상에서 떨어지는 부스러기라도 좋았던 식사와
흔들리는 배 안에서의 불편한 잠자리마저 그립습니다

나의 사랑 나의 주여
머리카락으로 당신의 흙먼지 쌓인 발을 닦아 드리고
그 발에 입 맞추고 값진 향유를 깨뜨려 드려도
아깝지 않은 사랑을 하였기에 행복했습니다

나의 사랑 나의 주여
구름 타고 승천하신 주님의 다시 오심을 기다리며
핍박과 환란을 받음은
아버지의 뜻이 있기에 참고 견디었습니다

나의 사랑 나의 주여
벌떼처럼 몰려든 군중이 일으킨 먼지가 가라앉고
서쪽 하늘 짙게 노을이 물들 때
그리운 당신을 만나러 즐거이 가겠습니다

당신 내게

세상 아무것도 내 것 삼지 않을 테야
다만 한 가지의 소유
단 하나 잃지 않을 존재

당신만으로
모든 것에 만족하며
채워짐이 놀라움이어라

어머니 같은 위로자의 모습
연인보다 승한 뜨거운 사랑
은혜하는 이의 넉넉한 용서

채워지지 않음이 없는 완전함

내 안에 새겨진 이름
무릎 꿇게 하는 존귀
그 품 안의 자유
그리고 평안

내가 살아갈
내가 살아 있는 이유
나의 생명
나의 모든 것

만족

갖고 싶다고 다 가질 순 없다
가질 수 있다고 다 가져서도 안 된다
남이 가졌다 해서
나도 가져야만 하는 것은 더더욱 아니다

잃었다고 가슴 치며 애통해 말아야지
없다고 기죽지 않아야지
홀로된 외로움에 고독해 말아야지
거절의 기쁨을 누려야지

다 잃고
다 없고
다 떠나도
만족할 만한 사랑이 내게 있으니

최고의 선물 가족

하나님께서 주신 최고로 멋진 선물
마음을 끄는
사랑하는 가족 이야기

보물

다섯 살 꼬마의 보물
아빠가 사 주신 목마와
엄마의 장독대에 제일 작은 배불뚝이 항아리였죠

나무들로 둘러싸인 마을
내리막길에서 목마 타고 놀다
풍년 할머니 마당에 감 따러 가요

목욕한 항아리에 물 한 바가지
소금 한 사발 쏟아 붓고
땡감 여러 개 풍덩 던져 놓아요

항아리 속 감 맛이 궁금한 하루 이틀
한 입 깨물었을 뿐인데
떫은맛에 진저리를 쳐요

필요한 것 다 넣었는데
왜 아직 이 모양 이 맛이지
심드렁해 넋 놓고 앉아 있을 때

엄마가 말해 줘요
제일 중요한 시간이 필요하니 기다리렴
이레는 지나야 익을 거야

엄마가 말해 줘요
예쁘게 크는 것보다 부자 되는 것보다 사람도
짠 세월을 잘 살아내며 마음 곱게 익어야 한단다

그때 소중했던 목마와 항아리는 이제 없지만
추억이 시가 되어 준 것 보물 하나
젊은 날 어머니의 지혜로운 말씀이 보물 둘

아버지

천천히 오고
성큼성큼 가버린
밉다 말할 수 없고
아름답다 하기도 뭣한
여든 번의 계절이
당신의 이마에서 춤을 추고
굵고 휘어진 손가락 마디마디에서
고생과 수고로움을 노래하며
앙상한 나뭇가지 마냥 말라 버린 다리로
걷고 달리셨습니다
아버지의 춤과 노래를
보고 들을 수 있는
여든한 번째 계절이 계속되길 기도합니다

엄마

사시사철 푸르른
시들지 않는 나무처럼
한결같이 그늘을 만들고
쉴 곳이 되어 준

이미 오래 전부터
모진 비바람에 젖고 찢기며
힘든 세월을 견뎌낸
나의 버팀목

온종일 가족위해 살다
언제 가버렸는지도 모르게
휩쓸려 간
어여쁘기만 하던 청춘

엄마
이보다 아름다운 이름도 없고
이보다 치열한 인생도 없으며
이보다 뜨거운 사랑도 없는 이름

사랑받는 그대

홀연단신
갑작스런 부모님의 죽음은 뜻한 바가 아닌
어린아이가 홀로 살아내야만 했던 일

혈혈단신
세상풍파를 막아줄 담과 그늘이 없어
어른이 되어서도 찌르는 혀로 비방 당하는 일

선택의 의사를 물은 적 없고
갑작스레 벌어지고 닥친
받아들일 수밖에 없었던 기막힌 삶인데

외롭다 투정 한마디 않고
비틀거리면 더 비웃음거리가 될까 두려워
똑바로 걷고 있는 그대인데

외톨이
고집쟁이
잘난 것 하나 없는 못난이라고 하네

그런데 신기하지
그분은 그대 사랑하노라 하고
끝없는 긍휼을 베풀어주는 걸 보면

목회자의 아내 그 이름 사모

'엄마는 강한 사람이야
그런데 엄마를 울리는 더 강한 분이 계셔
교회 가서 기도할 때면 만날 울잖아
엄마를 울리는 하나님은
참 대단해'

그럴 수밖에
또래 성도가 아무리 많아도
친구가 될 수 없는 자리에 있으니
옹기종기 모여
시원한 수다 한 번 떨 수 없는
자리에 있으니
유일한 길 벗 하나 있으나
강단과 서재와 성도들에게 내어줘서
그이의 등만 보고 가야 하니
그럴 수밖에

술로 담근들 이보다 더 독하고
가슴 아리는 취함에 빠질 수 있을까
그래서 기도하는 여인들이 취해 우는 거야
이 길이 고독하고 외로워서
바랄 이가 오직 한 분뿐이라서

빨간 약

산다는 것은
다 그렇게 아픈 거란다
일에 치여
일에 미쳐
일에 빠져
진정 원하는 것을 놓치고
바보같이 산 엄마처럼
지금 엄마가 아픈 것처럼
네 가슴도 아프다고 하니
그래서 오늘 우리는 더 아픈 거란다
말하지 않아서 괜찮은 줄 알고
힘들고 지쳐서 모른 척하고
모르고 지나가서 서운한 것
끝까지 못 느끼고 몰랐더라면...
이렇게 다 알게 되니
그래서 오늘 우리는 더 아픈 거란다
네 가슴 어딘가에 있는 아린 상처에
빨간 약 발라주고
엄마가 호~ 해 줄게
그만 아파해라
사랑하는 내 딸아

해주고 싶은 말

산을 타는 것
서둘러 정상에 오를 필요 없다 말할래요

주변에 키 작은 풀과 고운 꽃과
맑은 공기를 놓치지 마라 말할래요

정산에 올랐을 때 숨 막히는 풍경에 감격하듯
살아온 날 돌아보며 그렇게 미소 지으라 말할래요

그 모든 것을 뒤로 하고 내려와야 하는 것처럼
언젠가는 갈 본향이 있다는 것 잊지마라 말할래요

떠나야하는 아쉬움을 느낄 때
눈물로 보낼 깊은 밤이 있다 말할래요

이런 인생에서
주 떠난 삶을 살지 않도록 기도하라 말할래요

솔직히 말하는데

검은 것보다 흰 것이 더 많아진 남편의 머리카락
염색약을 쥐어짜다 내려놓았다
이렇게 긴 시간을 살았으면서
쥐어짜도 추억이 없는 우리다

이 사람은 어떤 마음일까

생각하면 아픔이고 눈물이라
나는 더 못 가겠는데
살아왔고
살아야 하는 우리다

다 이해하다 보니 더 외롭고 슬펐다
마음에 놓여진 이 돌덩이들은
그대가 던진 것인지
내가 담아 놓은 것인지 모르겠다

이혼 생각

이혼하고 싶었던 적 있었다
한 달 된 첫 아이 강제로 젖을 떼고
격리치료 받으며
홀로 죽음의 길을 걸어 나올
그때

이혼하고 싶었던 적 있었다
피를 토해 어지러워 쓰러질 것 같은데
예배 인도가 사명이라면
그 사명 감당하다 죽으라 매정히 말하던
그때

이혼하고 싶었던 적 있었다
꿈꾸던 배우자의 모습은 없고
주님의 종으로
충성스러운 목사님으로만 사는
그때

이혼하고 싶었다
그 사람 오랜 시간 동안
꿇어 엎드려 눈물로 씨름하는 기도를
모르고 산 세월 앞에
자격 없는 건 나임을 깨달았던
그 순간

함께라서

이고 짊어져야 하는 짐
잡아 줘야 하는 손
가야 하는 길이 있어
잊었습니다

짐은 무거웠고
뿌리칠 수 없는 고사리 같은 손들을 사랑했고
가야 하는 길은 너무 고달파서
딴 생각할 겨를이 없었습니다

그래서요

얼마나 아픈 사람이었는지
얼마나 쓰라린 가슴이었는지
얼마나 고독한 시간이었는지
잊었습니다

지난 추억이
쓰기도 하고 달기도 하니
세월이 약이던가요
웃다가 눈물이 흐르기도 합니다

이제

햇살 아래 있다 보니
꽃밭에 있다 보니
그대 곁에 있다 보니
모두 다 잊혀집니다

싸움

뙤약볕 아래 씨를 꽉 채운 매운 고추인
나를 건들지 마세요
당신 입 안이 맵고 속이 쓰릴 거예요

잘 익어 살짝 쥐어도 터질 홍시 같은
나를 찌르지 마세요
당신 옷에 얼룩이 지고 마음에도 흔적이 남을 거예요

향기 진한 매혹적인 장미에게도
깊이 파고 찔러 상처를 낼만한
날카로운 가시가 있답니다

세상에서 가장 어려운 일

생텍쥐페리의 어린왕자에서
세상에 가장 어려운 일은
사람이 사람의 마음을 얻는 일이라 했다
각자의 얼굴만큼 다양한
각양각색의 마음에서
순간순간에도 수만 가지의 생각이 떠오르는데
그 바람 같은 마음을 머물게 한다는 건
정말 어려운 거라고

과연 그렇다
흔들흔들 갈대처럼
휘청휘청 쉬 흔들리는
사람의 마음을
오래오래 머물도록
내 마음을 주고 싶다
그 마음을 갖고 싶다
세상에서 가장 어렵다는 일이 하고싶다

아이들이 하늘을 본다

태풍이 지나간 하늘은
쫙 펼쳐 놓은 여인네의 옥빛 치마폭
주께서 아낌없이 쭈욱 짜 놓은 하얀 물감은
그대로 태양 빛에 바짝 말라
은빛 그림이 된다

우리 집 아이들은 하늘을 보며
한 번 관람한 뮤지컬의 감동과
책으로만 본 미술관 이야기로 뜨겁다

우리 집 아이들은 하늘을 볼 때
한쪽 눈 질끈 감고
양손 엄지와 검지로 액자를 만들어
주께서 그린 살아 있는 그림을 본다

갈바람에 구름은 신이 났다
멋진 하늘을 보며 신이 난
우리 집 아이들처럼

이렇게 행복한 것을

어릴적 스타킹을 입을 때마다
그 속에 접혀 들어간 블라우스가
구겨지는 것
겹쳐지는 것
접혀지는 것이 싫어
답답해 죽을 지경이었다

엄마의 급처방전
홀닥 벗겨 대문 밖에 내 놓았다
"별 것도 아닌데 유난 떨지마
싫음 벗고 살아 봐"
싫은 것보다 부끄러운 것이 더 무서워
그 날로 고쳐진 버르장머리

40년이 지났다
부끄러움이 두려워
싫은 것을 입고 살고있다
솔직하지 못하도록 하는 것들을
하나씩 벗는다
이렇게 행복한 것을

끼니 거르지 말고 다녀라

분주한 아침
출근 준비를 하고
아이들은 학교 갈 준비를 한다

닥닥닥
밥그릇에 닿는 숟가락 소리
잘 먹었습니다
인사 같아 좋다

닥닥닥
국그릇 닿는 숟가락 소리
배곯지 않고 든든한 속으로
학교에 가니 좋다

달그락 닥닥닥
자식 입에 먹을 거 들어가는 것만 봐도
기분 좋다던 어머니 말씀이
절로 이해가 간다

끼니 거르지 말고 다녀라
평생 못 찾아 먹는다
배곯지 마라 병난다

별것 아닌 소리에 이 아침이 행복하다

상여 끄는 아이

어머니 가슴 눈밭 되던 날
아궁이에 불 지펴도 소용없는
차디찬 마당에 멍석 깔고
상다리 휘어져라 차려진 제상
상여주인 땅에 묻고 나면
젯밥 먹는단 말에
요령잡이 옷자락 흔들어 끌며
상여야 나아가자
상여야 어서 가자
다시 못 볼 마지막 걸음
철없던 아이에겐 차마 말 못하고
휘날리는 눈밭에
숨겨둔 눈물을 쏟아냅니다

언제 다시 오시려나
들꽃만 손을 흔들고 서있는
텅 빈 고향 집
언 땅위에 차디찬 멍석아
휘어져라 차려진 제상아
상여는 어디 있는가
다시는 바꾸지 않으리

다시는 바꾸지 아니하리
바람 되신 님 거니시던 마당에
가득히 차려진 죄스런 마음
떨어지는 낙엽이 나뒹굴며
어찌할 바를 모릅니다

*해설: 남편이 3살 되던 해 1월 아버님께서 돌아 가셨다. 상여가 집에서 나가야
        손님들과 함께 음식을 먹는단 말을 듣고 남편은 상여를 앞서 끌었다고 한다.
        아버님이 돌아가실 때 나이가 된 남편은 아버지와 이별을 그렇게 해서
        마음 아파한다.

사랑하는 사람아

8월 볕의 이글거림에도
마음에선 장대비가 세차게 내려
태양도 한 입에 삼킬 기세입니다

심장은 천둥소리를 내고 귓전에서 울리지마는
이해할 수 없는 고요함으로
두 손 모아 머리를 조아립니다

인생의 반 미워하던 마음
그만 내려놓고
다시 짊어지지 않으려 합니다

내 아픔에 아랑곳하지 않기에
당신은 아픔이 뭔지 모르는
사람인 줄 알았습니다

그러나 사람은
그리고 사랑은
같은 가슴으로 앓고 살아간다는 것을 이제는 압니다

세 번째 이야기

행복해지는 나의 꿈

생각만 해도 피식 웃게 되고
행복해지는 꿈이
나에겐 있다

눈치보며 품는 꿈

고즈넉한 시골 언덕 아늑한 집
앞마당 텃밭에선 밥상에 오를 채소들이 자라고
꽃과 나무를 보고 낙엽을 밟으며 걷고
바람 따라 계절을 느끼며
아주 천천히 남은 인생 그 곳에서 살고 싶다 하면

마루에 걸터앉아 보는 풍경은 살아 숨 쉬는 그림이요
멈추지 않고 흐르는 물줄기는 환상적인 연주자라
바람에 나부끼는 나뭇가지가
지칠 줄 모르는 박수갈채를 보내며 춤을 추는 곳이
나의 벗이요 나의 삶의 일부라면

타닥타닥 아궁이 속 불의 충고를 들을 때 즈음이면
우리 집 굴뚝에선 연기가 모락모락 피어오르고
산 고개를 넘어 해지는 저녁하늘에 떠오른 달
내가 그랬듯 그 냄새와 펼쳐진 그림에
마음을 빼앗기고 그리워하던 편안함을 찾는다면

나 거기 있다면
나 거기 산다면
아버님은 내 이름 애타게 부르시며
어디서 무엇 하느냐 찾으실까
꾸짖으실까

이처럼 살려하네

호숫가에
하늘 가득 물들인 붉은 노을이
고작 한 걸음 남은 태양을 지키고 섰다

잔잔한 호수 위로 어둠이 내리면
지나온 삶의 여정은 가슴속으로 파고들어
눈에 넣어도 아프지 않은 풍경이
두 볼을 타고 흐른다
살아내야만 했던 청춘도 가고
살아야만 하는 황혼도 간다

그대 곁에서 노을처럼 살려한다
마지막 순간까지 곁에 남아 배웅하며
서로 돌봐 줄 수 있다면
우리 어여쁨에 애달픈 인생은
전부를 주고도 부족하다 하고
죽어도 아름답기만 할 것이다

저녁 풍경에게서 깨달음을 줍는다

설악산 권금성에서

나 언제 다시
사랑하는 이들과 이곳에 올 수 있을까요
눈이 부시도록 아름다운 절경에서
가슴 시립도록 사모하는 이들과 거닐자니
선녀가 노니는 달에 있는 듯하며
구름 위를 가르고 나는 새가 된 듯합니다

나 언제 다시
이토록 귀한 만남을 가질 수 있을까요
위풍당당한 동해의 파도를 보며
선물 같은 어제와 오늘을 사노라니
푸른 바다를 닮아가는 듯하며
한 몸으로 흐르는 시원한 물줄기가 된 듯합니다

버킷리스트

최고의 메이크업으로 예쁜 척
깔끔한 디자인으로 멋진 척
돈 많다고 잘난 척
독특한 자태로 세련된 척
뽐내고 서 있는 반짝이는 각선미
너를 갖고 싶어 안달난 세상
예전엔 나도 그랬지
원하면 언제든 네게로 들어갈 수 있는 나
살면 살수록 그야말로 볼 것 없고 그저 그런 너
가진 자의 여유라고 열을 올리겠지만
화려할수록 메마르고 가꿀수록 초라해
흠모할 것이 없는 너를 내 것 삼은 지금
쓸쓸함이 파도처럼 밀려온다

봄바람이 머리카락을
책장 넘기듯 부는 오후
비포장 도로 옆 오솔길 끝자락
볕에 그을린 갈색 피부
장터에서 사 입었을 법한
밋밋한 원피스를 입은 그녀가 자꾸 생각이 난다
아니 그리워 미칠 지경이다

그럴싸한 장신구 하나 없는 변변찮은 모습인데
계절마다 향기가 남다른 매력을 지닌 그녀
들꽃 향기
싱그러운 바람
땅에서부터 올라오는 흙 내음이
그녀에겐 최고의 치장이다

나는 죽기 전에 꼭 그녀와 살아볼 테다

*해설: 아이들 논술을 가르치며 늘상 방문하는 고급진 아파트가 있었다.
　　　 살아보고싶고 부러울 법도 한데 나는 한적한 시골 어느집에서 살아보는
　　　 것이 꿈이다
　　　 1연은 고급진 아파트를 2연은 시골 초가집을 묘사한 시다.

그대는

내가 제일 좋아하고
내가 본 최고의 풍경입니다

지겹도록

시골
시골
노랠 불렀었지요

어쩜 좋아요
첫 출근해서 보니
사무실이 시골 한복판이에요

바람 따라 춤을 추는
벼들이 있고
파란 게 빨갛게 익어가는
고추들이 밭에 널렸어요

지렁이 거미 모기 터줏대감들
아직은 낯이 설어 도망 다니지만
곧 반갑게 인사할 때가 오겠지요

지겹도록
부르고 부르던 노래가
이렇게 이루어졌어요

모닥불

새가 그물에 걸림같이
장작더미에 짓눌렸다
도끼날에 찍히고 쪼개져
앓고 있는 상처투성이 장작
온몸 구석구석을
쉼 없이 불의 혀로 핥는다
아래로는
장작의 뼛속 깊숙이까지 스미고
위로는
비상하는 독수리의 날갯짓이
부럽지 않은 질주를 한다

나는 알고 있다
힘없이 흩어질 연기가 되고
한 줌의 재가 되는데
그리 오랜 시간이 걸리지 않음을
그럼에도 따뜻함으로
나를 기억해 줄 이들이 있어
기쁨을 이기지 못하고 활활 타 오른다
붉은 빛을 토하며
어둠을 삼키고

너를 감싸안기 위해
찬 공기를 밀어 낸다

신발

밑바닥 인생
씻고 씻어도
금세 더러워지는 몸뚱어리
헌신짝처럼 버린다던 말에 아연실색하고
어쩌다 작고 연약한 녀석을 밟기라도 하면
쓰라린 가슴을 붙잡지
심장이 막힌 돌 때문에 답답해서
깡통이 보일 때면 힘껏 걷어차
백 중 백 내 머리통이 아파
멍들고 터진 이마빡을
찬물로 씻어내면 끝이야

단 한 번도 너의 뜻을 거스른 적이 없어
원하지 않는 곳으로 들어설지라도
끝까지 함께 따라간단 말이지
어느 자리에서든 다리에 힘 팍 주고 세워
빛나게 해주고 싶어
매일 밤 내가 잠들면
가지런히 놓아 주고 매만져 주는
너의 손길에
너와 걷고 또 걸을

내일을 기다리는
나야

두렵지 않아

산속에 독을 품은 뱀이 살아도
정상을 향해 오르는 발걸음을 멈추지 않듯

사막에 전갈이 숨어 있어도
탐험가들은 그 여정을 포기하지 않듯

만년설에 거대한 산의 위험에도
목숨을 걸고 오르는 원정대들이 있듯

바다 속 무시무시한 상어 떼가 도사려도
스쿠버다이버들은 유유히 신비를 즐기듯

넘실거리는 파도가 높아도
실패의 경험이 태산 같아도
염려가 폭풍처럼 밀려와도

진정 바라기는

늙어져도
아파도
이 모습이 추해지지 않기를

끝까지
모든 면에서
충성스러웠다 칭찬 듣기를

태어날 땐 나 홀로 울었지만
떠나는 날엔 모두가 아쉬워 울어주기를

이 모든 시간이
후회도 아닌
원망도 아닌
스스로를 보듬어 안아줄 만한 선함이 되기를

허락된 시간 동안 잘 견디고 살아
다시 눈을 뜰 때는 빛과 영광 속에서
내가 웃으며 서 있기를
나는 진정 소망한다

춤

바람이 불면 나뭇가지가 춤을 추듯
성령님 오시어 내 영혼 즐거이 춤추기를
원합니다

다윗 왕이 육신의 생명을 구하기 위해
침을 흘리며 미친 척 춤추었던 춤
내 영혼 구원받을 수 있다면
미쳐 춤추고 싶어요

다윗 왕이 성에 법궤가 들어올 때에
여인네의 조롱에도 체면 버리고 추었던 춤
내 안에 주님 들어오시면
시선 개의치 않고 뛰며 춤추고 싶어요

아무리 아름다운 춤사위라 해도
헤로디아의 딸처럼 사람의 생명을 해하는
그런 춤 말고

바람처럼 불처럼 성령님 오시면
내 영혼 즐거이 춤추길
원합니다

본향 갈 때에는

혈안이 되어 땅따먹기를 한다
큼지막한 네모난 선을 그어 놓고
그 땅 모퉁이에서 손바닥 크기로 시작해
돌멩이를 세 번 튕겨 다시 내 땅으로 들어와야 한다
욕심 부려 힘껏 튕기다 선 밖으로 나가면 죽는 거다
세 번째 튕길 때 내 땅 안으로
돌멩이가 들어오지 못해도 죽는다
돌멩이가 지나간 자리를 선으로 이어
넓혀진 만큼이 내 땅이다

놀이터에서 아이들은 하늘에 노을이 질 때까지
땅따먹기하며 놀았다
엄마가 이름을 부르면
뿌옇게 묻은 흙먼지를 털어내며
어둠을 가르고 재빨리 집으로 뛰어가는 아이들
차지해 놓은 큰 왕국 그 땅을
그 누구도 뒤돌아보지 않았다
뉘엿뉘엿 해가 지면
기쁘고 즐거운 집으로 갔다

심장이 말을 건다

긴 바늘을 전신에 꽂고도
목구멍에서 신음소리 한 번 제대로 뱉어 내지 못한다
아파서 제 발로 찾아온 병원이건만
꽂은 대침이 더 아파 죽을 맛이다

흐릿한 천정을 물끄러미 바라본 채로 생각에 빠져 든다

스물 청춘에 쏟아지는 햇살 되고
생명을 키워내는 한 줌의 흙이 되어도
생에 미련 없으니 여기까지라도 감사하다 해놓고선
이제 보니 자신마저 속인 대범한 거짓말쟁이였다

속내를 들키고
웃어야 할지
울어야 할지

단 한 번뿐인 인생 이깟 것 달게 지고
실낱같은 지푸라기라도 잡아 연명하고픈
애달픈 꿈이기도 했던 게다

이룰 수 없는 욕망뿐인 것을 알면서
이뤘다 해도 영원하지 않음을 알면서
스물에 뽑았던 바늘 마흔이 넘어 다시 꽂았다

지난날 못했던 말이 가슴에서 소리를 쳐서

길

곧게 뻗어 끝이 보이지 않는 길보다
굽이굽이 휘어감아 도는 오솔길이 좋더라

오르기만 하는 가파른 언덕보다
오르다가 때로 내리막길을 만나는 산길이 좋더라

저 너머에 무엇이 기다리고 있을까
기대하게 하고 설렘을 주는 길
한 걸음 내디딜 때마다 발걸음을 잡는 들꽃과
급히 달릴 마음 내려놓게 만드는 들풀이 사는 오솔길

숲에선 새들이 지저귀고
바람이 나뭇가지에 머물다 가는 길

지친 다리를 춤추게 하는 평지와
쉬지 않아도 알아서 풀어주는 반가운 비탈이 있는 길

이 모든 것 다 없대도
내 사랑 그대와 걷는 길
그 길이 진정 좋더라

자꾸만 자꾸만 눈물이 흘러요

절대 울지 않을 건데
자꾸만 자꾸만 통곡소릴 내요

정말이지 이런 모습 싫은데
자꾸만 자꾸만 심장에서 눈물을 토해 내요

세상 등지고 다 거절하고
그쪽으로 홀로 걸으면
혹시 눈여겨보시고 긍휼을 베풀어 주실런지

절대 울지 않는 나인데
가슴이 칼에 찔린 것처럼 쓰려서
자꾸만 자꾸만 아파서 눈물이 흘러요

황혼

지는 해를 등에 업고 물결치는 산 위로
옥빛 하늘 누비며
색동저고리 빛깔로 젖어 물든
노을

오래 전 오늘처럼
이 하늘 바라보며
온몸 흔들리도록 울어대던
나를

등 뒤에서
두 팔 벌려 아픈 가슴
감싸 안아주던
손길

심장이 방망이질을 해댈 때면
한걸음에 달려와
평안을 부어주던
사랑

석양에 타는 곱고 고운 하늘은
마음 하나 된 우리가
함께 부를 영원한 삶의
노래이기를

지혜로운 여인으로

한 발 한 발 걸음마를 하듯
몸소 경험을 하고서야 알게 되는 것이 삶이네요

남달리 더딘 나는 어린아이랍니다
오감으로 느끼고서야 그때서야
고개를 끄덕이며 알게 되는 것이 인생이었습니다

늘 그랬습니다
다 컸고 다 알고 있다고
큰소리쳤던 모습에 피식 웃음이 절로 납니다

맵기는 여간 매운 것이 아닌 인생 수업
달기도 달고 몸서리치도록 쓰기도 쓴
눈물 콧물 쏘옥 빼고 흘려가며 어른이 되어갑니다

나이가 들수록 허리가 굽듯
인격이 고개를 숙여
더욱 겸손히 살게 하소서

검은 머리카락이 희어지듯
성숙한 삶의 태도가 빛을 발하여
지혜로운 현숙한 여인이게 하소서

이 밤 골방 문 열고 살며시 들어가
무릎을 꿇고 머리를 조아려 두 손 모아봅니다

눈물겨운 순종

산다는 것은
미래를 향한 몸부림이다

때때로 불어오는 바람을 핑계 삼아
민들레 홀씨처럼 훌쩍 어디든 날다가
시골 길가 작은 꽃 옆자리도 좋으니
그 자리 성큼 내어 준다면 그리로 가고 싶었다

불꽃을 자랑하던 태양이 저물 즈음
저처럼 살다 오라며 하늘에 자릴 펴는 저녁놀
오늘 하루도 잘 살았다며
나뭇가지를 흔들어 박수를 쳐주는 바람

힘겨운 삶을 살아 보니
산다는 것은
찬란한 이룸이다

가슴 따뜻한 사랑

좋은 사람에게서는 향기가 난다
오랜 시간이 흘렀다 해도
함께 하지 못한다 해도
가슴 따뜻한 사랑이
그 향기다

적애(붉은 사랑)

언어가 아닌
짐승의 포효처럼
목메어 부른 이름이
메아리 되어
가슴에 와 부딪치고
이 가슴 산산이 찢어
심장을 도려내요

달궈진 쇠 마냥
눈시울 붉어지고
폭풍에 흔들리듯
심장이 떨려와
이토록 사랑하면서도
더 사랑하지 못함이
미치도록 아픕니다

하루하루 쌓이고 쌓여
천년의 날 동안
이리 아파도
이 몸 가루가 되어
바람에 날아올라
흔적 없이 소멸되어도
끝나지 않을 사랑을 드려요

내가 그렇듯

당신의 지난 추억에
나를 짐으로 두지 마요
내가 그렇듯
어여쁜 사람으로 기억해줘요
지난 기억 속에
당신은 친절한 사람이거든요

마치 갚아야할 빚이 있는 사람처럼
미안해 마요
도리어 선물처럼 받은 것이 많아
이를 어쩌나 싶을 만큼
감사하는 마음으로 살고 있어요

흘러간 지난날들을
후회하지 마요
내가 그렇듯
소중함으로 간직해둬요
지난 기억 속에
당신은 착한 사람이거든요

문뜩 봄의 기운처럼 찾아와
서럽도록 그리운 날이 있었고
처음이라 서툴렀던 이별이 아프기도 했지요
그랬기에 추억할 만큼
사랑스러운 순간으로 남아 있어요

가슴앓이

아파도 아프다 말 못하는
꾸역꾸역 참고 참다
가슴에 멍이 들고 마는

다 나았나 싶다가도
꾸물꾸물 깊음 속에서만
용트림을 하고 마는

시원스레 울기라도 하지
퍽퍽 가슴만 치고
다시 시작되는

가슴앓이

가슴으로 듣다

할 말 많은 떼쟁이 아가처럼 재잘거리는 바다
배로 밀고 기어와 안겨 보려는 심상의 파도
쉼 없이 밀려오는 녀석
너의 말을 다 듣지 못한 채 돌아섰다
마음의 설렘 따윈 애시당초 없었던 것처럼
차갑게

바위에 몸을 던져 파편처럼 부서진
애절한 너의 고백을
내 가슴이 듣는다
'이 땅 가득 인산인해를 이뤄도
출렁이는 파도가 멈출 수 없을 만큼
어찌된 일인지 네가 그리웠다.'

애써 아닌 척했던 나도
질펀히 내려앉은 가슴을 던진다
'나도 그렇다.'

철모르고 핀 영랑호 장미

영랑호 산책로에
홀로 피어 있는 장미
이른 아침 내린 서리에
붉은 꽃잎을 잔뜩 움츠린
그래서 더욱 눈길을 끄는

서로 눈을 떼지 못하는
뿌옇게 피어오르는 안개 낀 영랑호와
매혹적으로 핀 장미

때 아닌 싱그러움에
쉬 자리를 떠나지 못하고
한참을 머물렀다

가을이 준 선물

너의 걸음은 잠잠한 세상을 흔들고
깊숙이 밀어 놓았던 감성마저
살며시 떠오르게 해

바보 같은 사람 눈물샘을 터뜨리고 가는
짓궂은 너의 장난을 핑계 삼아
울보가 되어 보고

천천히 그러면서도
완전히 쑥대밭이 되어버린 가슴은
새벽이 올 때까지 잠들지 못하지

단풍진 가을 산도
높고 푸르른 하늘의 비단구름도
눈 먼 사랑도 네가 가져다 줬다는 것을 알아

달려와 안길 때마다 쓰러지는 인생이 설레
달려와 안길 때마다 이 마음을 도둑맞아
달려와 안길 때마다 향기와 매력에 흠뻑 빠져

가을바람이 분다

파도처럼

끝도없이
쉼도없이
미친듯이
거침없다

나를보고
어쩌라고
밀어내도
다시오나

마음전부
적셔놓고
밀려갔다
몰려온다

언제까지
이럴건지
너란사람
보고싶다

때로

때로 눈물이 위로가 됩니다

조용히 흘러내리는 것이
묘하게도
복잡한 머릿속을 비우고
가슴에 묻은 때를 씻는
맑디맑은 물이 됩니다

벗의 토닥임만이
위로인 줄 알았는데

긴긴 밤 꿈결에서 휘청거릴지언정
천 년을 살아낸 노송 같은
나의 위풍당당함이
불 끓는 활화산에 가둬 둔
못난이 서글픔으로
샘물 터지듯 터져 흐릅니다

홀로 우는 눈물이
더없는 위로가 됩니다

이별

단 하루도 없이 못 살 것 같더니
젖먹이 떼어놓듯
뚝 떼어 놓았다

아이는 배고파 울고
엄마는 보고파 울듯

그리워 울고
맘 아파 우는
이별.

시

속내를 표현하는 게 불편하고 두려웠다
둘 다 벗고 앉은 한증막에서처럼 부끄럽고 답답했다

어쩔 수 없이 심겨졌고
어쩌다 깊게 뿌리를 내렸고
운 좋게 잘 자란 덕에
넓은 그늘을 만들어 주는 고목나무처럼

별로 친하지 않은 붓끝과 긴 대면을 하고 나서
깊숙이 가라앉아 있던 이야기가
뜻밖에 세상 구경나온
그것이 바로 너다

다행히 내겐 마음을 들어줄 이가 없다
그래서 받은 선물이 너인가 싶다
어느새 없으면 안 될 네가 되었다

오늘도 붓끝은 심장을 쥐고 짜며
진한 이야기를 쓴다
다행히 내 마음을 네가 받아주어 좋다

시2

부끄러움으로 붉히고
두려움으로 떨며
누구도 초대한 적 없는
마음속 시방을 연다

조심스럽게
신비로운
아름다운
보물찾기를 시작한다

우주의 별처럼
바다의 모래처럼
많은 언어들로
비단옷을 짜고

쓰다 지우다
쌓다 허물다
적다 적시다
집을 짓듯 시를 짓는다

어디론가 흘러갔던
수많은 기억들과 추억들이
나 없는 곳에서 쓸쓸히
시들지 않길 바라며

기도하는 이 시간

조용히 감은 눈은
세상 유혹의 황홀경에 빠지지 않겠노라는 결의다
호락호락하지 않은 세상 만만히 볼 것 아니기에

주의 의중을 깨닫기 위한 정결한 씻김이 되는 의식
마음 저 깊숙한 곳의 갈급한 영혼의 소리며
영의 세계에 초대 받는 길

끊어진 호흡은 이생과 이별이듯
기도는 영혼의 호흡과 같아
쉬지 말고 기도하라 했던가

절대자 하나님과 죄인인 내가
의미 있는 생명의 관계를 맺는 것
의합하는 연인이 되는 것

주의 음성에 내 영이 즐거이 순종하고
주는 내 말에 귀를 기울여
응답하시는 시간

주의 흘리신 보혈로 구원이 선포되고
회개하는 이의 눈물 닦아주시려
못자국난 손을 펴시는 시간

사랑이 전부이신 그 가슴으로
상처뿐인 인생들을
끌어안으시는 시간

내 마음

너와 함께 걸어 왔던 시간은
종이를 접듯 접어서
마음속 깊은 곳에 둘 테야

지난 날 따끔하게 채찍질하던 너의 말은
마음에 새겨졌고
가슴을 휘감아 돌고 도는 너와의 일상은
푸르른 봄 햇살처럼 따뜻해

더 이상 홀로 외롭지 않아
긴 시간 침묵이 흐를지라도
잠잠히 그 때를 추억하며
수채화 같은 노랠 부를 테니

그립다
보고싶다
사랑한다

널 향한 이 모든 언어는
종이를 접듯 접어서
마음속 깊은 곳에 고이 간직할 테야

그럼 참 좋겠어

고무줄처럼
제멋대로 늘어나고 언제 그랬냐는 듯
뻔뻔하게 돌아오는 게 마음이라면
조금이라도 편하지 않을까

고양이처럼
발톱을 세워 사납게 할퀸 적 없는데
가슴에 난 상처는
무엇 때문인지 아파

걷고 뛰는 삶에서
가지면 만족할 줄 알았고
열심히 살면 채워질 줄 알았어
즐기면 행복할 줄 알았고
없어도 상관없는 줄 알았어

속내를 쏟아내고 돌아오는 길
행복한 나였으면 좋겠고
솔직한 나였으면 좋겠어
이렇게 아프지 않은 나였으면
그럼 참 좋겠어

내 마음의 오아시스

수고하고 무거운 짐 진 자에게
주의 품이 넉넉하여
그곳으로 피하오니
더 바람 없고 만족함은
내게 주뿐이기 때문이라오

항상 바라고 그를 향하여 걸음은
다른 길은 없거니와
있다 하여도 가지 않으리니
변하지 않고 영원한 것은
오직 주뿐이기 때문이라오

빗줄기에 촉촉이 젖어드는 세상이 평온하고
빗방울 소리에 귀가 즐겁고
선명해지는 세상 보며 눈이 행복해지니
이렇게 좋아라하는 것은
내게 주만 계시기 때문이라오

그대의 사랑

추억이 서려 있는 곳
주마등처럼 스치는 기억들
어떤 생각도 고개를 들지 못하고 있을 때
가슴 먹먹해져서 무엇도 설명할 수 없을 때
그대의 사랑이 나를 찾아옵니다

피할 수 없는 사랑 그 앞에 서 보니
지난날 소유했던 모든 것은 간데없고
이 맘에 남아 있는 것은 오직 그대뿐
머물 자격 없음을 알면서도
그대의 곁을 떠날 수 없습니다

그대의 사랑을 받는 것은 나의 잘남 때문이 아니요
그대 곁에 있음도 남다른 믿음 때문이 아닙니다

그대를 만난 그 이후
내 영혼에 그대의 향기는 영원합니다
나에게로 찾아오셨던 길
그곳에 나 있습니다
자격 없지만 이 가슴에 그대만 있어야합니다

그분의 마음으로 가득 찰 때

아무 말 없이 훌쩍 떠났을 때에도
아프지 않았습니다

그 가슴에 내가 없음을 알았을 때에도
슬프하지 않았습니다

섬기는 그분의 사랑으로 이해한다
다 용서한다 자신만만했었으니까요

그러나 세월이라는 것을 맞고 보내며
괴롭지 않았던 것이 아니라
아프지 않았던 것이 아니라
그분 앞에서 조차 솔직하지 못한 가식덩어리에
쓸데없는 자존심만 세웠음을 알았습니다

분노와 미움과 절망과 아픔과 두려움으로부터
사화산인 줄 알았는데
숨죽여 활활 태우고 데우는 활화산이었다는 것을
그 악하고 약한 모습이 숨어 있었음을
성령의 불 앞에 물처럼 쏟아지는 영혼이 알았습니다

그분의 마음이 내 안에 가득 차니
누구라 할 것 없이 사랑스럽습니다
비로소
할 수 없는 중에
하기 싫은 가운데 성큼 일어나는 마음입니다

변화

흐르는 눈물로만 쏟아낸 언어
멍들은 가슴 쥐고 꿈꿔온 변화
당신이 바뀌시면 다 되는 것을

지금껏 허망하게 버려진 세월
이울어 지나가는 청춘의 뜨락
나는야 무엇으로 채워야 하나

이제야 깨닫기는 부족한 내가
손 모아 무릎 꿇고 올리는 기도
겸손히 내려놓음 다 되는 것을

죽도록 사무치는 그리움 안고
나만의 주인되신 당신 섬기며
다시 오실 그날까지 달려가고파

차 한 잔

소담스런 유리잔에
영롱한 빛깔로 내려 앉아
그윽한 향으로
달큼한 맛으로
내 마음을 훔친다

빛깔에 반하고
향긋함에 반하고
입 안 가득 감도는 맛에 반한다

찻잔에 달 담근 깊은 밤
마주한 너와의 정겨움이 우러날 때
내 마음을 붓는다

그때까지만

추억으로 가는 여행은
감미로운 노래를 듣고 있자면 떠날 수 있어
서정적 음률의 떨림과 너와 나의 이야기가 되는 가사는
행복에 벅찬 심장을 마구 뛰게 하지

커피의 부드러운 향기 맡으며
온종일 여행을 했어
추억으로 가득한 내게 잊으라는 것은
말로 다 표현 못할 슬픔이야

이야기가 있는 이 겨울을
서둘러 보내려 마
햇살이 꽃 피울 때가 되면
가벼이 봄바람에 실어 보내줄게

그때까지만 그냥 두면 안 될까

삶 그리고 추억

찢고 찢어 꿰맨
색동저고리를 귀한 자식에게 입히듯
한땀한땀 수놓은 카펫이
최고의 값으로 인정받듯
쓰라린 상처도 아픔도
아름다운 인생이다

인생이 뭐냐 물으면

토기장이의 손에
흙덩어리가 들려 있다
특별해 보일 것 없고
볼품없는

진흙 속 모래알갱이를 골라내고 빻는다
발로 밟아 공기도 빼고
손으로 쳐서 찰지게 반죽을 한다
고작 시작에 불과하다

물레에 올려놓고 모양을 만든다
마구 돌려대니 어지럽다
밋밋한 질그릇을 간지르며
화려한 그림이 새겨진다

몸의 기운 물기를 말리고 나니
온도도 알 수 없는 불구덩이에서 두 번의 연단의 시간
이전까지 받은 시련은 시련도 아니었다
참 고통이 여기 있었다

그저 한 줌의 흙이었고
깨지기 쉬운 질그릇이었다
고달픈 인생인 줄 알았는데
빛나는 옷이 입혀졌다

인생은
토기장이 손에서
작품이 되는 과정
주인의 손에서 걸작품이다

척! 척! 척!

듣고 싶지 않은 더러운 유혹
보지 말았어야 할 추악함
제멋대로 풍겨대는 악취
그 속에서 아무렇지 않은 척

귀를 씻어내고
눈을 씻어내고
코를 씻어내고
오롯이 정결하게 사는 척

고난 중에 가슴을 찢고
힘겨움에 숨이 턱까지 차오르며
지독한 외로움에 고개를 무릎 사이에 묻고 통곡해도
활짝 웃으며 기쁨 중에 거하는 척

그럼에도
함께 나란히 걸어주는 동행
나를 향한 계획을 이루어가시는 성취
그분이 허락하신 형통함으로 모든 일이

척! 척! 척!

기도의 자리

달랑 한 바가지에 지나지 않으나
헛되이 여겨선 안 되며
결코 소홀히 대할 수 없는 것

태양 볕 아래 덩그러니 놓여
무심한 척 때를 기다림은
단숨에 이루고픈 간절함이겠지

마름의 절정에 놓인 길 향해
질주하는 마중물의 뒷모습은
죽음을 각오한 듯 처절하기까지 하다

잡아 끌어올리는 강력과
쏟아지는 물의 함성
끝이 보이지 않는 생명의 시작인 너

작지만 위대한 한 바가지의 마중물을
아낌없이 붓는 이곳
기도의 자리

대둔산

가파른 오르막 험한 길을 만나면
손을 내밀어 나무 기둥을 잡고 오르고
숨을 몰아쉬다 힘들면
잠시 바위 위에 걸터앉아 쉬어가지

새벽 찬 공기를 안고 있던 태산은
지치고 힘든 때를 알고
땀을 닦아 주고 깊은 속까지 상쾌하게 하는
얼음냉수 같은 바람을 내어 주지

지친 내게 삶의 여정을 생각해 보래
이보다 더 고달프고 힘겹진 않았는지
천천히 가더라도 포기하지는 말래
힘들면 잠시 쉬어가면 되는 거래

정상에서 한눈에 들어오는 세상을 보면
한 걸음 떼는 것도
하루를 사는 것도
오직 은혜로만 된 것을 알게 될 거래

포기하지 않은 것
정산에 올라온 것
참 잘했다
말하게 될 거래

알게 되었네

알게 되었네
인생의 파도를 타며 방황하는
고멜을 향한 호세아의 사랑은
나를 참고 기다리시는
하늘 아버지의 사랑이었다는 것을

알게 되었네
양 무리를 품고
딸 넷의 부모로 살게 하신 것은
나를 향해 가슴 졸이시는
하늘 아버지의 마음이었다는 것을

알게 되었네
노아에게 일백이십 년
방주를 짓게 하신 것은
지금이 견고한 믿음으로 설 때라 하시는
하늘 아버지의 경고라는 것을

알게 되었네
흘러간 세월과 시간이
분명히 과거에 존재한다는 것은
영원한 나라가 있어 언젠가는 반드시
하늘 아버지의 나라로 가게 된다는 것을

내 구주
예슈아를 만나
알게 되었네

나무 이야기

부끄러움 모르는 벌거숭이
세상 구경하고파
메마른 살갗에
윤기 흐르는 옷을 입었다
작은 떨림으로 찾아온 바람
쪽빛 하늘 아래 날개를 펴면
새가 날아와 집을 짓고
벌레는 끊임없이 오르내리며
옷이며 살을 갉아 먹는다
내어줄 것이 있어 좋다
삶의 여정에서
폭우를 만나고 보내며
해질대로 해진 누더기 옷이
복숭아 속살처럼 붉다
기막힌 장관을 이룬 짧은 젊음
아쉬움만 가득한 긴 이별
나지막한 빗소리에
파르르 떠는 앙상한 몸
마른 근육과 쇠하여진 핏줄 위로
뒹구는 추억은 밟히고
한때를 끝내며

눈부신 다음 세대 위해
땅으로 스며들어야지
단 한 번도 멈춘 적 없으니

갱년기

밤새 몸은
오한을 느끼면서도
평생 안 나던 땀이 나니
고통스러웠다
아침이 되니 살 만하다

마치 자연이 봄을 맞듯
여름을 맞듯
가을을 맞듯
겨울을 맞듯
나이 때문에 겪는 변화를 느낀다

마음은 여전히 봄이고 여름인데
몸은 서서히 가을을 맞이하나 보다
사계절 다 좋으니
몸의 계절 또한
다 좋아야 옳지

나 같아서

예전엔 자동차 뒤꽁무니에서 뒹굴며
장난스럽게 쫓아가는 낙엽을 볼 때
그 모양이 어찌나 귀엽고 사랑스럽던지
한참을 웃었던 기억이 있다

오늘 자동차 뒤꽁무니에서 뒹굴며
이리저리 방황하는 낙엽은
어찌나 처량하고 불쌍한지
애처롭기까지 하다

시멘트 바닥 위에서 땅 속 깊이 묻히지 못하고
어디로 가야할지 몰라 울며
이리저리 갈팡질팡하는 낙엽들 때문에
눈물이 핑 돌았다

예전엔 귀엽고 사랑스런 낙엽이었는데
오늘은 한없이 가여운 낙엽이다

허무

행복할 줄 알았어
사랑하면

편안할 줄 알았어
참으면

돌아올 줄 알았어
기다리면

알아줄 줄 알았어
좋은 날 오면

고마워할 줄 알았어
돌아서지 않으면

미련했단 말
들을 줄은 몰랐네

여행1

설레는 곳으로 두려움을 무릅쓰고
한 걸음 한 발씩 내딛을 땐
가슴이 잔뜩 부풀어 오른 풍선 같아요
더디더디 오던 그날 아침이 오면
터져 나오는 고백
행복합니다

쏜 화살처럼 시간은 빠르게 지나가고
다시 그 자리로 돌아올 땐
부풀었던 가슴이 잔잔한 호수가 됩니다
빠르고 빠르게 와 버린 저녁이 되면
터져 나오는 고백
감사합니다

여행2

어딜 가나 북적북적
사람 소리
사람 냄새 꽉 차있는데
혼자입니다

손짓하며 오란 사람 없고
손사래를 치며 오지 말란 사람도 없는 여행
가 본 곳 없어 가고 싶은 곳 없고
정 준 곳 없어 딱히 찾는 곳도 없는 여행

새삼스러울 것도 없는데
갈 때에도
올 때에도
혼자입니다

발길 닿는 대로
불쑥 떠난
이 여행이
친구입니다

한숨

깊은 한 숨이
답답한 마음을 이리도 시원하게 할 줄이야

휴우~

악사 부부의 노래

자랑으로 삼으며
흐드러지게 피던
화사한 봄은 가고

외로이 버티며
강렬히 타들어가던
푸르기에 청춘인 여름도 갔다

길가에 앉아 부르는
늙은 악사 부부의 노래에
떨어지고 밟히며 말라가는 낙엽은
도무지 표현할 길 없는
길거리 춤꾼들이다

꽃만큼 어여쁜 단풍과
젊음만큼 빛나는 황혼이
이토록 아름다울 수가 없다

언제 멈췄는지 모르게
멍하니 서서 듣는 나도
그 시간을 살고 있다

가는 세월

봄꽃을 기다리는 설렘이
작년과 다른 것은
나도 모르게 세월을 타는
기분 때문이 아닌가 싶습니다

기다리지 않아도 오는 봄이건만
한 해를 무탈하게 지내야
맞을 수 있는 귀한 봄입니다

부드러움으로 만물을 깨우긴 하나
잡아도 매몰차게 뿌리치고
한 번 휘이익 불고 가는 봄입니다

봄날의 싱그러움은
어느새 뜨거운 햇살에 몸을 숨기고
밤새 내린 비는
타들어가는 꽃잎에 입맞춤합니다

가는 세월이 무작정 아쉽습니다

7월의 아르바이트

땅을 달구며 끓어오르는 아지랑이
여름 한낮에 비닐하우스 안
햇빛 가릴 차광막 테두리를 재봉틀로 꿰매고
구멍을 뚫어 징을 박는다

꿀맛 같은 휴식시간
얼음 띄운 달달한 커피 한 잔
에어컨 있는 사무실로 달려가는 사람들
이제 이곳은 나와 개켜야할 산처럼 쌓인 차광막뿐

불같은 햇빛이 비집고 들어오는 틈새로
먼지가 금가루처럼 떨어진다
무언가에 이끌려 다가가 앉았다
뜨겁다

나는 사랑하는 그분의 품이
이처럼 뜨겁다 해도
기꺼이 안길 테다
이 몸 다 녹일 용광로라 해도

뜨거운 열기 가득한 비닐하우스 안
아무도 없는 이곳에
그분의 사랑이 쏟아져 들어와 나를 안는다
그분의 사랑이 쏟아져 들어와 나를 만진다

주름살

거울 속 꽃은 시들고
그 잎사귀는 파리해져 가요
입맞춤해 보지만
향기마저 말랐습니다
두 손으로 쓰다듬어
가여움을 표합니다

이별할 때

아쉬워마라 낙엽 진다고
슬퍼마라 꽃이 진다고
울지마라 잊혀질거라

마음에서 쉬었다 갈 추억이
벗하지 않음도 아니며
잊혀지고 지워질 것 아니니

소란 떨지 마라

내 마음도 가을이에요

내 마음도 가을이에요
갈증으로 허덕이던 마음에
살랑바람 불어와 숨을 고르는

내 마음도 가을이에요
파란 하늘 보며 미소 짓는

내 마음도 가을이에요
알록달록 잎사귀들 손짓할 때
다가가 친구하고픈

내 마음도 가을이에요
넉넉하고 풍성함이 더없는

내 마음도
가을이에요

거짓말

완벽하게 숨기지도
속이지도 못하면서
얼굴 붉어지며
얼굴 붉히게 해

쓸쓸한 눈물을
늘 머물게 할 거라면
어리광이
마음 약하게 만드는 거라면

안 가는 척
멈추지 않아도 되건만
친한 척
웃지 않아도 되건만

사랑하는 척
함께 걷고
그 마음 모르는 척
따라 걷는다

첫 출근날

출근 첫날
사무실에 들어선 순간
나를 반긴 것은
지렁이였다

화들짝 놀라
발만 동동 구르고 섰는데
밟히기라도 한 것처럼
되려 더 꿈틀댄다

내가 좋은 땅 만들기 선수인 거 알지
너도 이곳을 좋은 곳으로 만들어 볼 생각 없어
지렁이가 말을 하네
녀석 신기하다

그러면 좋으련만

머리카락 자르러 왔다
셀 수 없이 많은 머리카락들을
잘라내는 가위질 소리가
입 안에서 부서져 녹아지는
바삭한 비스킷 소리처럼 경쾌하다

김치만두 빚기 전
손톱깎이 입에 꽉 깨물려 떨어지는
딸아이 손톱 소리가
둥근 달빛 아래 고향으로 오던
언니 구두소리처럼 정겹다

때론 고독한 걸음과
잊혀 졌음 하는 기억이
싹뚝 잘라 버려도 아프지 않은 머리카락이고
똑딱 깎아도 아깝지 않은 손톱이면 얼마나 좋을까
그러면 좋으련만

쇠똥구리의 삶

매의 눈은 갖지 못했어도
신선한 똥냄새 기막히게 맡지
어찌 편히 살지 못하고
한평생 비지땀 흘려가며
뺏길세라 잃을세라
위태로운 물구나무 자세로
똥구슬을 굴린다
제 몸 뒤집히면 어쩌려고
얼마나 더 언덕을 올라야 하나
얼만큼 더 똥구슬을 모아야 하나

뙤약볕 식히는
소나기 한 차례 퍼부으면
아기 쇠똥구리 똥구슬 뚫고 나와
세상 밖 구경할 틈도 없이
앞 다투어 길을 나선다
제 어미가 그랬듯
부드럽고 신선한 똥을 찾아
매끈한 구슬 만들어 굴리고 또 굴려
땅속 집에 넣고
제 새끼를 키우기 시작하겠지

지칠 법도 한데 처자식 위해
아등바등 모으고 쌓는 욕망
인생 아찔한 묘기를 부려
그것 취해 봐야
수고가 끝나고 나면
마르고 부서질 똥 덩어리인 걸

평설

시심의 초원에 흐르는 서정의 물결

시심의 초원에 흐르는 서정의 물결

-길숙희 시인의 시세계-

박건웅(시인. 대한기독문인회 고문)

1

길숙희 시인은 티 없이 맑은 수줍음과 교양을 지니고 있어 시심처럼 고요한 호수를 연상시킨다.

외모부터가 단정한 인상을 풍기고 상냥하고 온유한 성품이 품위를 보태면서 따뜻한 이미지를 자아낸다.

여기에 신앙으로 다져진 그 언행에서 시인적 소양을 갖춘 지성을 감지할 수 있다.

길숙희 시인은 문학을 꿈꾸던 문학소녀였으나 뜻한 바 있어 신학을 전공하고 전도사로 목사님을 내조하는 사모로 사랑과 봉사를 생활화 하면서 많은 사람들로부터 존경과 사랑을 받는 분이다.

한 편 소녀 적 꿈을 버리지 않고 꾸준히 시를 써 크리스찬 문학을 통해 등단한 여류시인으로 대한기독문인회 회원으로 역량을 발휘하며 활동하고 있다.

그런데 문학의 영역이 워낙 넓고 깊어서 꿈꾼다고 누구나 문인 시인이 되는 건 아니다. 타고난 소질과 각고의 노력 없이는 문인 시인이 될 수 없다.

길 시인이 신학을 전공하고 전도사로 사모로 활동하면서 시인이 된 건 본래 타고난 소질과 삶의 체험들이 조화를 이루고 노력이 더해져 시인의 모습을 드러낼 수 있었다고 본다.

이번 출판하는 길숙희 시인의 「당신에겐 말해 줄게요」 시집을 읽으면서 시를 창작하는 마음은 아름답고 선한 생활의 표출이란 생각을 가져본다.

시집 「당신에겐 말해 줄게요」에 상재한 시들은 다섯 갈래로 구분되어 있다.

일반적으로 시집의 시들을 소재, 대상, 내용별로 부로 나누는데 길 시인은 이야기로 나누었다.

물론 시는 시인에 의해서 언어와 정서 및 사상이 어우러져 형상화되지만 시도 이야기인 것은 소설과 다름이 없다. 시는 함축된 시어에 의해 창작되기 때문에 글귀가 짧을 뿐 한 편의 시에는 소설 한 편의 이야기가 담길 수 있다.

이야기로 구분된 길 시인의 시들은 첫 번째는 신앙인으로서 믿음과 자세를 두 번째는 가정 가족애를 세 번째는 자아 성찰을 네 번째는 자연과 인간의 교감을 다섯 번째는 인생 여정을 노래하였는데 시집 전편에 근간을 이루는 건 신앙의 숨결과 잔잔한 서정의 물결이라 하겠다.

　길숙희 시인에게 신앙은 삶 자체라 하겠다. 전도사
또 목사님 사모라는 신분에서만이 아니라 싹싹한 성품
과 진솔함 위에 삶의 체험 등이 작용하여 신앙인의 위
상을 정립해 가고 있다고 본다. 그래서 길 시인에게서
신앙시가 자연스레 쓰여 지는 것이 아닐까 생각 된다.
　신앙 시는 하나님 주님을 지나치게 삽입해도 안 되고
성구를 옮긴 것 같아도 안 되고 찬송가와 유사해도 안
된다.
　시는 상징과 비유를 마음대로 구사할 수 있어야 하
는데 신앙 시는 이런 점들이 어렵다. 그러나 길 시인은
이런 어려운 기법들을 무리 없이 해결해 내고 있다.

　　새들이 지저귀는 한가로움이 시작되는 마을에
　　소란스러운 발소리와 함께 울부짖음과 괴성은
　　소녀의 기도입니다.

　　고개를 숙인 채 한참을 있다
　　십자가를 바라보는 소녀의 눈빛은
　　햇살을 닮았습니다.

　　한나도 소녀도 나도
　　지금도 누군가는

귀 기울여 들어주시는 당신께 말 합니다

'당신에겐 말해 줄게요' 라며

—「당신에겐 말해 줄게요」 3,4,7,8연

시각과 청각이 어우러진 이 시는 전 편을 볼 때 서정
적 자아의 내면세계를 드러내고 있다.

1,2연은 등교 길의 아이들의 등교와 그 후의 정황과
예배당을 찾는 소녀를 모티브로 하고 있고 3,4,5연은
고즈넉한 마을을 배경으로 소녀의 동작을 노래하였고
6,7,8연은 당신이라는 권능자의 존재를 확신하면서 화
자의 심정을 토로하고 있다.

이 시에서 소녀의 울부짖음 괴성 말 즉 언어는 시적
진실로 하나님을 향한 대화라고 하겠다. 소녀 적 일이
지만 어린 마음에 싹트는 신앙은 곧 길시인의 체험이
고 하나님께로 다가가는 과정이라고 볼 수 있다. 사념
없이 드리는 소녀의 기도가 경건하게 느껴진다.

소녀 시절에 싹튼 길숙희 시인의 신앙은 신학교에서
신학을 전공하면서 자신을 다스린 것이 신실한 신앙인
의 모습을 갖출 수 있었다고 보며 훗날 전도사로 목사
님의 사모로 오늘에 이르렀다고 생각한다.

성직자의 아내가 된 날
어찌할 바를 몰라 올린 기도
편안히 대화할 수 있는 언니 같은
위로와 안식이 될 만큼 포근한 엄마 같은
교훈과 책망으로 바로잡아 줄 스승 같은
사모님 만나게 해 주세요

사모로 이십오 년을 살아낸 오늘
편안히 삶을 이야기하는 언니 같은
감히 흉내 낼 수 없는 따스한 품을 가진 엄마 같은

거짓도 꾸밈도 없는 올곧은 스승 같은
육십여 년 사모로 살아온 분을 만났습니다.
어린 사모가 머리를 조아려 구했던 기도를
주께서 들 으셨고 이루셨으니
할렐루야 !

-「사모가 사모에게」 1,4연

이 시는 길숙희 시인이 처음 목사님의 아내로 사모가
되었을 당시의 심경을 읊었고 이미 사모의 삶을 살아
온 선배 사모와의 해후를 바라면서 그 분의 지도 편달
을 기대하고 있었음을 표출하였다.
즉 이 시는 앞서 사모의 길을 걸어온 경륜 있는 분과

의 만남을 소망하는 미래 가정법 형태로 시작하며 종당에 가서 어머니 같은 선배를 만난 기쁨을 토로하고 있다.

아울러 이 시는 길 시인의 독백인데 목사님 사모로서의 삶은 단순하다고 보기 어렵다.

교회는 연령 직업 개성이 각기 다른 여러 계층의 다양한 사람들의 공동체로 어느 한 계층이나 개인만을 상대할 수가 없다.

따라서 사모는 목사님이 경황 중에 미처 살피지 못한 분들을 찾아 상담도 하고 그들 마음을 어루만져 주어야하기에 고단할 수밖에 없다.

하지만 길 시인은 바라는 대로 어머니 같은 선배 사모를 만나 평정을 얻음을 볼 수 있는데 후배는 선배를 동경하면서 존경하고 선배는 후배를 아끼고 사랑하는 일이 얼마나 아름답고 소중한 일인가를 생각하게 된다.

3

길숙희 시인의 가족애 그 중 어머니의 삶이 반영된 시 어머니에 대한 동경과 자아 성찰을 시화한 시를 살펴보자.

말하지 않아서 괜찮은 줄 알고

힘들고 지쳐서 모른 척하고

모르고 지나가서 서운한 것

끝까지 못 느끼고 몰랐더라면……

이렇게 다 알게 되니

그래서 오늘 우리는 더 아픈 거란다.

네 가슴 어딘가에 있는 아린 상처에

빨간 약 발라 주고

엄마가 호~ 해 줄게

그만 아파해라

사랑하는 내 딸아

−「빨간 약」후반부

이 시는 가족애 특히 어머니의 삶이 근간을 이룬다. 어머니들은 인내와 사랑으로 자녀를 낳아 기르기에 그 노고를 기리기엔 부족한 그 무엇이 남게 된다. 그러기에 어머니를 사랑의 화신이라 부르기도 한다. 어머니들은 자녀들의 가슴을 뛰게 하고 희망을 북돋아 주기도 한다.

그래서 자녀들은 파닥이는 날개 짓으로 어머니의 깃을 찾아드는 작은 새라 하겠다.

이 시의 전체적인 구조는 단순하지만 심상의 통일 독백 적 언어는 독백의 이면에 모녀간 따뜻한 대화가 오

감을 알 수 있다. 시 속 엄마는 그 숙명적인 삶을 실감
나게 토로하면서 고달픈 삶의 진상을 형상화하고 있
다.

동시에 시의 화자는 삶의 현상에 어머니를 불러 들여
모녀간의 상관관계를 비약시키고 있다.

일의 고됨을 내색하지 않고 살아온 어머니들의 생을
어느덧 엄마가 된 화자가 자신의 어머니를 내세워 하
고 싶은 말을 전하고 있다.

즉 한 엄마가 자신을 길러준 또 한 엄마를 등장시켜
그 삶을 답습하고 있음을 보여 주고 있다.

길숙희 시인의 회상 속 선명한 시골집 풍경을 스케치
하듯 그린 시를 들여다보자.

고즈넉한 시골 언덕 아늑한 집
앞마당 텃밭에선 밥상에 오를 채소들이 자라고
꽃과 나무를 보고 낙엽을 밟으며 걷고
바람 따라 계절을 느끼며
아주 천천히 남은 인생 그 곳에서 살고 싶다 하면

타닥타닥 아궁이 속 불의 충고를 들을 때 즈음이면
우리 집 굴뚝에선 연기가 모락모락 피어오르고
산 고개를 넘어 해지는 저녁 하늘에 떠오른 달
내가 그랬듯 그 냄새와 펼쳐진 그림에
마음을 빼앗기고 그리워하던 편안함을 찾는다면

너 거기 있다면
나 거기 산다면
아버님은 내 이름 애타게 부르시며
어디서 무엇 하느냐 찾으실까
꾸짖으실까

-「눈치 보며 품는 꿈」 1,3,4연

이 시는 고즈넉한 시골집의 단면을 생생히 재현한 그림 같은 시로 서정적 자아의 내면세계를 부드럽고 차분한 어조로 이야기하고 있다.

일상용어를 적절히 시어로 사용한 것으로 볼 때 화자인 길 시인의 언어 감각과 지적인 재취를 엿볼 수 있다.

이 시는 회화적 이미지 뿐 아니라 비유 형상이 잘 드러나고 있다.

1,2연은 텃밭 꽃 낙엽 마루 흐르는 물 등 시골의 전경이 제시되고 3연은 저녁 아궁이불 굴뚝 연기 저녁 하늘 등 전원의 정취를 나타내고 4연은 시골 진상을 하늘나라로 아버지는 바로 하나님으로 전환시키면서 확산의 이미지를 드러낸다.

완전한 존재가 아닌 한낱 피조물인 인간으로서 하늘 아버지를 의식하고 고독한 영혼을 달래며 하늘의 뜻에 따라 겸허하게 살고자하는 귀소본능의 심경을 읊고 있다.

이 시의 시골집은 외형만 바라보면 그 내력이 오래된 집으로 철 따라 피는 낙엽 바람 흐르는 물 등 한적한 농가의 모습이 한 폭 수채화를 들여 다 보는 느낌이다.

아울러 이 시는 시각적 심상과 청각적 심상이 공감각적으로 이어지며 아련한 향수에 젖어들게 한다.

4

길숙희 시인이 관념 속에 상상과 일체가 되어 형상화한 시를 읽어보자.

천천히 그러면서도
완전히 쑥대밭이 되어버린 가슴은
새벽이 올 때까지 잠들지 못하지

단풍진 가을 산도
높고 푸르른 하늘의 비단 구름도
눈 먼 사랑도 네가 가져다 줬다는 것을 알아

달려와 안길 때마다 인생이 설레
달려와 안길 때마다 이 마음을 도둑맞아

달려와 안길 때마다 향기와 매력에 흠뻑 빠져

가을바람이 분 다
　　　　　　　　　　－「가을이 준 선물」후반부

　이 시는 가을이란 계절을 통하여 자아의 존재를 성찰한 삶의 의미를 추구한 서정시다.

　잠잠한 세상, 눈물샘, 쑥대밭, 단풍진, 눈 먼 사랑 등 이 어휘들은 새로운 시어를 형성해 내고 있다. 시에서 통상적인 의미의 말을 다른 뜻의 말로 전이시켜 주는 메타 포야말로 시의 요소 중 하나다.

　이 시 전반에 흐르는 분위기는 시인의 삶에 가해진 외적 영향들이 서술되지 않아 모르겠으나 그로 인해 얼마나 고통스러웠는가는 짐작해 볼 수 있다.

　그러나 '단풍진 가을 푸르른 하늘 비단 구름 향기' 등 아름답고 생동감 넘치는 시어들은 서정적 자아가 희망을 안고 안정을 찾아가는 의연한 모습을 보여 준다.

　길숙희 시인이 일상의 현상들을 놀라운 시안으로 시의 영역을 펼쳐 보이는 안목이 싱그럽다. 길 시인의 눈과 마음에 비친 가을 경관은 사색의 나래를 펴게 하면서 독백적 고백적 어조로 가을 속에 자신의 심경을 반영시키고 있다고 보는데 이 시는 서경이 첨가된 순수 서정시라 하겠다.

이 시를 읽다 보면 시는 단순한 언어의 나열이 아니고 생각과 집념 그리고 이미지의 어우러짐이란 생각을 갖게 된다. 이 시는 참신한 비유와 선명한 시각적 심상이 형상성과 의미를 더해 주고 있어 여러 번 음미하게 된다.

문학소녀의 꿈을 이루어 시인이 되어서도 겸허하게 시와 불가분의 관계를 굳히고자 하는 길숙희 시인의 시를 들여다보자.

> 속내를 표현하는 게 불편하고 두려웠다
> 둘 다 벗고 앉은 한증막에서처럼 부끄럽고 답답했다
>
> 별로 친하지 않은 붓끝과 대면을 하고 나서
> 깊숙이 가라앉아 있던 이야기가
> 뜻밖에 세상 구경나온
> 그것이 바로 너다
>
> 다행히 내겐 마음을 들어줄 이가 없다
> 그래서 받은 선물이 너인가 싶다
> 어느새 없으면 안 될 네가 되었다
>
> —「시1」 1,3,4연

이 시는 제목부터가 시다. 이제껏 많은 문인 학자들이 내린 시의 본질이랄까 정의는 '시는 상상력과 정열의 언어이다. 시는 강한 감정의 자발적 유로이다. 시는 상상과 감정을 통한 인생의 해석이다'등이 있는데 교과서적으로 종합한 정의는 '시는 언어로 되어 있고 운율이 있으며 작가의 상상력과 감정 사상을 표현한 문학이라고도 하지만 이것이 시의 정의라고 말하기는 어렵다고 한다.

5연으로 구성된 이 시에서 1연은 '글은 그 사람이다'란 말을 상기하면 길 시인도 시를 통하여 자신을 드러내는 걸 두려워하고 부끄러워함을 실토하고 있다. 2,3연은 시 창작이 의도적이라기보다 쓰지 않고는 견딜 수 없는 시인의 본능이 오랜 사색을 거쳐 심연의 이야기가 시라는 얼굴을 들었다고 사료된다.

4,5연은 누군가와 대화하며 속내를 전하고 싶지만 대면할 상대가 없어 시라는 문학의 장르를 빌어 감정을 옮기다보니 시와 하나가 됨을 인지하고 현실에 체념하지 않고 시작에 임하겠다는 의지를 피력하고 있다.

이처럼 시는 자신의 감정과 정서를 전달함으로 다른 사람을 감동시키는 보편성을 지니고 있으며 보편성을 얻는 방법은 시어를 통한 이미지의 형성 작용이라 하겠다.

이 시는 서정적 자아인 길 시인이 시를 쓰면서 일렁이는 상념을 상징적으로 형상화하였다고 본다.

5

비유와 상징의 수법으로 나무를 의인화하여 노래한 길숙희 시인의 시를 살펴보자.

> 부끄러움 모르는 벌거숭이
> 세상 구경 하고파
> 메마른 살갗에
> 윤기 흐르는 옷을 입었다
> 작은 떨림으로 찾아온 바람
> 쪽빛 하늘 아래 날개를 펴면
> 새가 날아와 집을 짓고
> 벌레는 끊임없이 오르내리며
> 옷이며 살을 갉아 먹는다
> 내어줄 것이 있어 좋다

「나무 이야기」 전반부

단연인 이 시의 구조는 복잡하지 않다. 이 시에서 나무는 군자의 마음을 지닌 존재라 하겠다.

겨우내 벌거벗었던 나뭇가지에 새 잎이 돋아 무성해지면 새들이 날아와 둥지를 틀고 벌레들이 잎을 갉아먹기 위해 오르내리며 해를 가해도 탓하지 아니하고 오히려 이들에게 베풀 수 있어 좋다는 관용을 들여다

보게 된다.

그리고 폭우로 가지가 찢기고 부러져 상해도 원망하거나 실망하지 않는 의젓한 호인의 모습을 방불케 한다.

이처럼 나무는 어진 성품을 지녔다. 철 따라 잎 틔우고 떨구며 새와 벌레들을 불러들인다. 하지만 한 발자국도 떼어 놓을 수 없는 숙명을 타고난 하나의 식물이다.

그렇지만 하늘을 향해 가지를 뻗기도 하고 사나운 비바람을 감내하면서 자연의 순리에 순종하는 존재다.

이런 나무를 살펴보면 겉으로 유유자적한 모습이지만 여린 감성을 지닌 존재이기도 하다.

자연 속에서 흔히 볼 수 있는 나무 그 외형은 거칠고 단단하다 자연에 순응하며 사는 나무지만 인성을 부여하고 감정을 이입시켜 사유해 보면 잎의 푸르름 즉 젊음도 한 때 아쉬운 여운만 남은 이별의 상흔을 안으로 삭이며 훗날을 위해 오늘을 묵묵히 견디는 처연함을 엿볼 수 있다.

사람은 누구나 그리움을 안고 산다. 그 대상이 고향이든 어린 시절이든 사랑하고 보고싶은 사람이든 대상에 대한 그리움이 있다.

이 시의 서정적 자아도 그리움을 나무에 투영하여 스스로의 안정을 찾고 있다.

나무에 인성을 부여하고 나무와 동일한 개체가 되어

서로의 영혼을 다스리며 살아가고자 하는 주제를 읽을
수 있다.

길숙희 시인의 봄의 계절을 세월과 함께 나무의 연리
지처럼 엮은 시를 들여다보자.

봄꽃을 기다리는 설렘이
작년과 다른 것은
나도 모르게 세월을 타는
기분 때문이 아닌가 싶습니다

부드러움으로 만물을 깨우긴 하나
잡아도 매몰차게 뿌리치고
한 번 휘이익 불고 가는 봄입니다

봄날의 싱그러움은
어느새 뜨거운 햇살에 몸을 숨기고
밤새 내린 비는
타들어가는 꽃잎에 입맞춤 합니다

-「가는 세월」 1,3,4연

이 시는 구체적인 이미지를 통하여 체험 대신 봄이
남긴 상실의 미련이 자아의 슬픔을 자아내면서 애상적
분위기를 이룬다. 마음 설레며 기다리던 봄이건만 작

년과 달리 화자를 무력감에 빠져들게 한다.

오라고 오고 가라고 가는 봄은 아니지만 봄은 여름에게 자리를 내주고 물러가는 게 계절의 순리고 따라서 봄의 싱그러움은 여름 햇살에 잦아드는 것이 자연 현상이다.

그런데 밤새 내린 비와 꽃의 입맞춤으로 상황은 돌연 희망으로 전환하지만 화자의 심경은 여전히 가는 세월에 대한 연민과 아쉬움을 지우지 못한다.

계절의 순환은 예사로운 자연의 법칙이지만 시인에겐 무언가 다른 기미를 느끼게 한다. 여기서 화자의 심적 상태를 통해 시는 사물에 대한 인간의 감성을 표현하는 문학이란 걸 새삼 생각하게 된다.

감성이란 사물에 대한 인간의 주관적인 의식 반응일진데 시에서 감성 표현은 혼자 말하는 독백적 성격을 띄게 된다.

독백으로 표현되는 감성은 현재의 의식상태다. 그러므로 시는 1인칭 시제의 문학으로 시인의 내면적 정서의 주관적이고 은밀한 표현이라고 할 수 있다.

이 시는 봄이라는 계절을 맞고 보내는 화자의 서정적 감성이 시 자체의 형식에 완결미를 가져오는 역할을 하고 있다고 본다.

아울러 이 시는 세월의 한 시점에서 자연과 인간의 만남 그리고 화자가 갖는 아쉬움의 심적 상태가 시적 형성을 이루고 있음을 볼 때 시인과 자연의 숨결이라 하겠다.

6

지금까지 살펴 본 길숙희 시인의 시들은 내용으로 보아 길 시인의 인간성과 성품을 잘 반영하였다고 본다.

시의 소재를 신앙, 자아, 가정, 대인 관계에서 취하였고 또 자연에서 취하기도 했는데 한결같이 신앙이 근간을 이루면서 인간의 정서를 클로즈업 시켜 순수한 서정을 꽃 피우고 있다.

길숙희 시인은 시심의 바탕이 매우 밝고 신선하다. 그 감동적 체험들은 신앙적 숭고함과 경건한 심지를 불러일으킨다. 시의 외형보다 내면의 깊이를 진솔한 삶의 의미로 건져 올리고 있다.

시의 소재 대상을 어디서 취했든 인간의 정서에 접목시켜 시의 성을 차곡차곡 쌓고 있음을 엿볼 수 있다.

시상의 전개를 언어의 현상적인 표상과 조직 구성을 통해 시로서의 내적 요소를 표현에 일치시키고 있음을 알 수 있다. 즉 삶의 밑바탕에 내재되어 있는 체험들을 싯귀로 재현하여 평소 간직해온 서정을 잘 표출하고 있다. 간단히 말하면 한편 한편의 시가 손색없이 서정시의 맥에 이어진다고 하겠다.

시어로 쓰여진 말들도 일상생활에서 사용하는 평이

한 어휘들을 별 기교를 부리지 않고 그대로 사용하고 있어 쉽게 이해할 수 있다. 여기에 그 어조가 잔잔하고 차분하여 정감을 자아낸다.

여하튼 길숙희 시인은 인간미가 넘치는 여류시인으로 싹싹하고 온화한 성품과 경건한 신앙심을 지니고 살고 있기에 좋은 시들을 쓸 수 있다고 본다.

이번 발간되는 시집 「그대에겐 말해 줄게요」는 길 시인에게 있어서나 주변 모든 사람들에게 신앙과 서정을 일깨워 줄 것으로 생각하면서 앞으로도 주옥같은 시를 많이 쓸 것으로 확신한다.

당신에겐 말해 줄게요

2021년 01월 04일 인쇄
2021년 01월 07일 발행

지은이 ∣ 길숙희
펴낸곳 ∣ (주)대한출판
등 록 ∣ 2007년 6월 15일 제3호
주 소 ∣ 충북 청주시 청원구 북이면 내수로 796-68
　　　　　 TEL. 043) 213-6761 / FAX. 043) 213-6764

ISBN　　　979-11-5819-071-2